小仙鹤

BABY CRANE AND OTHER ANIMAL TALES

By

Candace Tong-Li

Translated By Bill Li

PRINCESS IMPRINTS

New York

Summary: The rich imagination and real feelings expressed in these original animal tales by Candace Tong-Li, at age 8, will undoubtedly make your readings in Chinese an enchanting experience. The Chinese translation is true to Candace's original English tales, except for slight editing that was made to adapt the book for language learning purposes of our young readers.

1. Children's Literature 2. Learning Chinese as a Second Language 3. Picture Book 4. Animal Stories 5. Children's Art

ISBN 1-4196-5749-6
Library of Congress Control Number: 2006911210
Publisher: BookSurge, LLC
North Charleston, South Carolina

Candace Tong-Li
小仙鹤/Baby Crane and Other Animal Tales/Candace Tong-Li;
Illustrated by Candace Tong-Li

Princess Imprints, New York

Printed and Manufactured in the United States of America

COVER DESIGN BY WEI GAN

For my parents Ying Tong and Bill Li,
Who have inspired me in my creation.

-- Candace Tong-Li

We dedicate this book to our most respected and beloved friend, Professor Earl Rovit, who named our daughter Candace, and our trademark, Princess Imprints.

Our special thanks to Wei Gan, whose creative design of the book cover is the best support for Candace's work; and grateful appreciation to Weiping Li, a distinguished teacher of Chinese in China who edited the Chinese translation with diligence and expertise.

Our special thanks also go to Gaines Hill, our publishing consultant at Booksurge, LLC.

We thank our friends, who are always there to cheer and support our efforts, Pearl Wong, Lee Beng Chua, Mingjiang Gao, Diana Wu, Henry Ruan, Jianhua Zhang and Kathy Hsu.

This book is for all the children around the world who are learning Chinese as a second language.

-- Ying Tong, Bill Li and Candace Tong-Li

Contents

小仙鹤

Baby Crane

Page 7

小浣熊第一夜出猎

Raccoon Kit's First Night Out

Page 41

北极的小白狐

Little Snowy

Page 16

神秘的蛋

The Mysterious Egg

Page 50

小海豚

Baby Dolphin

Page 26

兰兰的第一匹马

Starlight

Page 61

红羽毛

Red Feather

Page 33

赛马

Starlight's Big Show

Page 68

小马

Misty

Page 77

詹姆斯小镇的圣诞节

Christmas in Jamestown

Page 120

小狗

Scruffy

Page 89

Fudge和它的朋友们

Fudge and Friends

Page 134

上学

Time to Go to School

Page 102

生日的惊喜

The Birthday Surprise

Page 144

非洲之旅

The Trip to Africa

Page 111

小仙鹤

小仙鹤静卧在草窝上，爸爸、妈妈非常关爱地守在旁边，哥哥姐姐在蓝天白云间自由地飞翔着。

小仙鹤全家落到静静的池塘边上，在绿绿的水草中寻找着小鱼。它们在远离老虎带来的危险后，在这里幸福地生活。

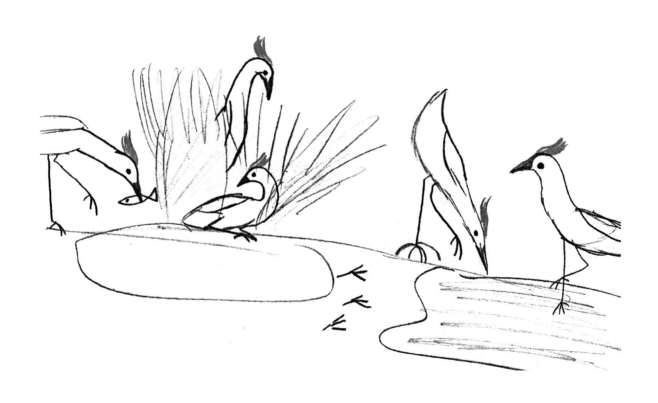

皎洁的月光洒满大地，小仙鹤全家渐渐进入梦乡。突然，一只
黑色的泽鹰掠过天空，划破这宁静的夜晚。小仙鹤的爸爸警惕
地抬起头，盯着泽鹰。

危险终于过去了。仙鹤们又开始了新的一天。

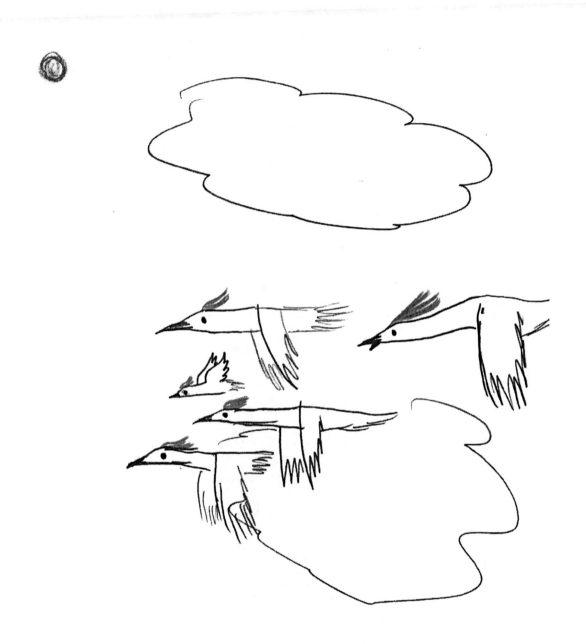

小仙鹤慢慢地长大了。它也能随着爸爸妈妈、哥哥姐姐在蓝天中飞翔，全家人都向往那自由的生活。

THE END

离开爸爸、妈妈后，小仙鹤开始了独立的生活。在今后的生活中它将会遇到些什么呢？

北极的小白狐

Little Snowy

小白狐Snowy从阿拉斯加北部的山洞里跑了出来。 它整整地走了一夜，到了阿拉斯加机场。

小白狐见别的小动物在飞机上，它也悄悄地上了飞机。小白狐的妈妈顺着雪地上留下的脚印，追到了机场。可是，飞机的舱门已经关上。

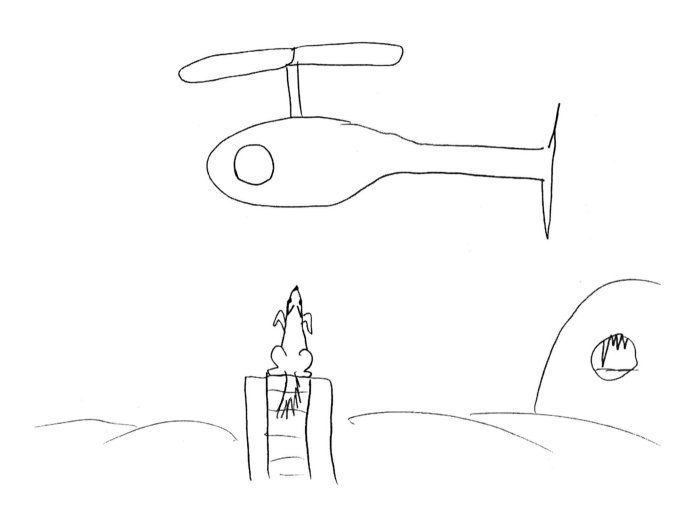

妈妈只好眼巴巴地望着直升机慢慢地升起，心里十分惦念小白狐。

直升机缓缓地降落在弗尔蒙特机场。机场上停着州动物园的运货卡车。舱门一开，小白狐还没看清周围的环境，就被装上卡车运走了。

卡车在公路上飞驰着。小白狐突然从车上被颠了下来。车远远地开走了。小白狐孤零零地站在路边东张西望，心里非常害怕。

兰兰在附近的草地上遛着马，Goldie走在兰兰的前面，一路上使劲地在嗅着什么。忽然，它停下来，用爪子使劲地刨着土。兰兰好奇地走了上去，竟然在洞里发现了一只小白狐。兰兰蹲下身，轻轻地抱起了小白狐。

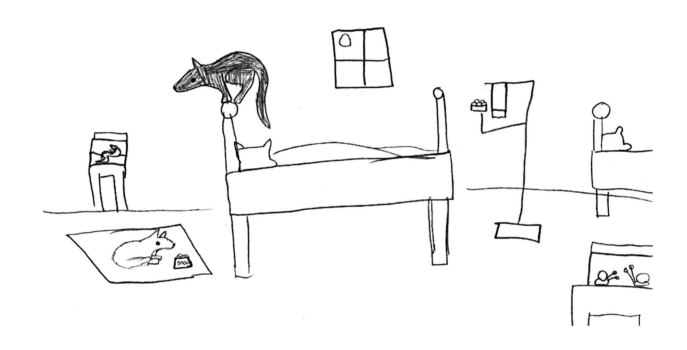

进屋后，兰兰又把小白狐轻轻地放在软软的毯子上。兰兰家的小黑猫，"嗖"地一下跳上床头，蹲在那里，打量着新来的小客人。

午饭后，兰兰带小白狐一起到花园里去玩耍。有了兰兰的陪伴，小白狐别提多高兴了。

一会儿，兰兰把家里的小伙伴们都叫到一起，热情地向它们介绍新朋友小白狐，小白狐又有了一个温暖的家。

小海豚

出生不久的小海豚，在爸爸、妈妈的关爱下，无忧无虑地在大海里畅游着。

小海豚的妈妈一会儿带着小海豚游向海水深处，一会儿又把小海豚托出水面。

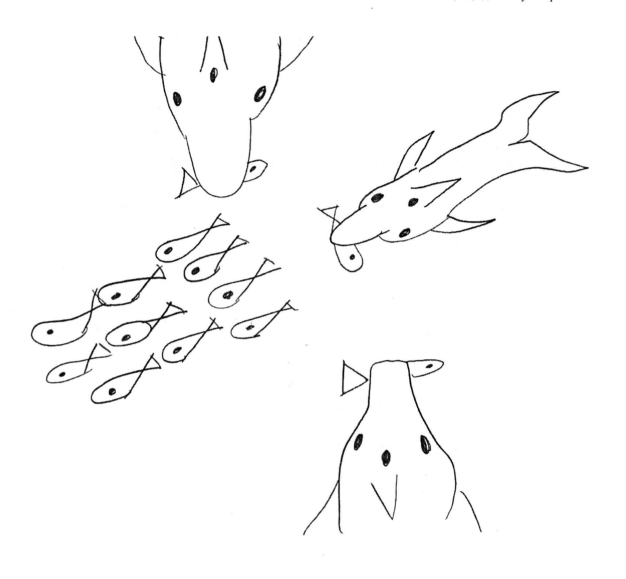

一大群鱼儿在它们身边来回游着，爸爸、妈妈耐心地教着小海豚如何捉鱼。

突然，一个庞然大物游到它们的身边，啊，原来是条大鲨鱼！

在这紧急关头，爸爸、妈妈冲上前去保护小海豚。

躲过鲨鱼的袭击后，小海豚健康地成长。

红羽毛

Red Feather

鹰妈妈生下了两个小宝贝，一个叫金翅膀，一个叫红羽毛。

一个刮风天，大风把红羽毛从鸟窝里远远地吹到了路边的土地上，正巧被骑在大鸟背上、从这儿经过的兰兰发现。 Goldie跑上去，把红羽毛轻轻地叼起来，送到兰兰的怀中。

回家的路上，几条饿狼似乎闻到红羽毛身上的气味，迎风追了过来。见此情景，Goldie迅速地从兰兰手中抢过红羽毛，飞快地往家跑去，想尽力摆脱身后的那几条饿狼。

Goldie回到家，坐守在门廊上，等着红羽毛出来，跟它一起玩耍。

门终于开了一条缝，红羽毛从门缝里钻了出来，悄悄地飞到了
Goldie的头上。Goldie载着红羽毛，快步地朝那条躺在石头边
上的长毛狗跑去，可那条狗象没事似的一动不动。没办法，
Goldie和红羽毛自讨没趣地往回走。

一路上，Goldie追赶着红羽毛。兰兰坐在门前的台阶上，轻轻地抚摸着小黑猫。看着两个小伙伴玩得那么开心，兰兰情不自禁地也微笑了起来。

兰兰跑到红羽毛身边，亲昵地把脸靠在了红羽毛身上，似乎悄悄地对它说："我爱你。"

小浣熊第一夜出猎

夜深人静。浣熊妈妈第一次带着小浣熊出猎。 突然发现附近有一只小虫和一条蜥蜴，浣熊妈妈轻轻地跳到石块上，小浣熊紧紧地依偎在妈妈的身边。

没想到，一只大灰狼竟然出现在背后，眼睛死死地盯着小浣熊。浣熊妈妈扭头冲向大灰狼。

小浣熊拼命地向自己家的洞穴跑去。

小浣熊钻进洞中，定下心来，吃着草莓。 不远处，一只黄鼠狼似乎发现了什么，一步步逼近洞口。

黄鼠狼一跃跳进洞穴。

眼看要被黄鼠狼逮住，小浣熊心里害怕极了。

在这紧急关头，浣熊妈妈扑进洞穴，一口咬住了黄鼠狼的尾巴。

小浣熊乘机跑出洞穴。一条蜥蜴在不远处慢慢地爬着。小浣熊看到后，心想我也有了自己的猎物。它稳住劲，"嗖"地一下儿，朝蜥蜴扑了过去。第一夜出猎，仅管险情不断，小浣熊还是有了自己的收获。

神秘的蛋

一天，天上突然有一只蛋掉到了鸡窝的边上，把正在孵蛋的母鸡吓了一跳。母鸡正瞅着这个神秘的蛋时，天上的老鹰直冲而下，叼起蛋，就飞走了。

兰兰和小伙伴们在海上划着船。谁知，老鹰一不小心，嘴里叼着的蛋滑落到了兰兰的船上。小白狐眼疾手快，一口叼住了那只从天而降的蛋。

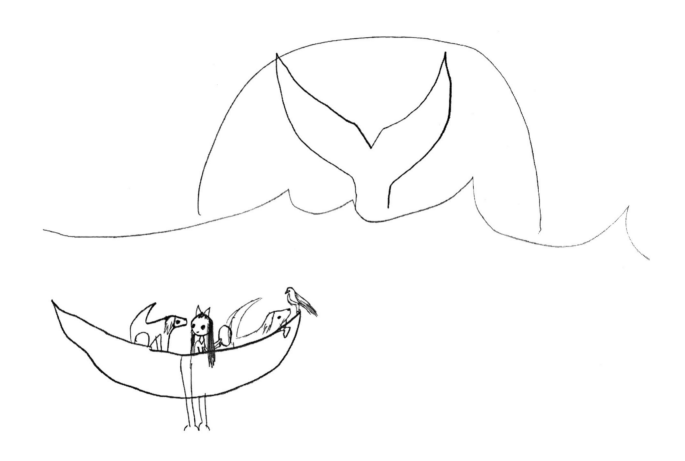

小白狐转身把蛋送到兰兰的手上。太阳快下山了，远处鲸鱼的尾巴闪出了水面。

船缓缓地靠上了码头，兰兰抱着蛋上了岸。小白狐抬头看着兰兰手上的蛋，发现有条裂缝，它惊讶地竖起了耳朵。

没想到，破裂的蛋壳中竟钻出一个小脑袋。 啊，原来是条小龙！随后，两只小翅膀也顶出了蛋壳。这让兰兰和小伙伴们都好奇不已。小白狐看着那半只掉在地上的蛋壳，心里也在琢磨着。

A few monthslater......

几个月后，小龙慢慢地长成大龙了。兰兰骑着大龙，带着金狗猎犬Goldie生下的几只小金毛狗到草地上玩耍。三只调皮的小狗把球顶给大龙，大龙甩头把球给顶了回去。大家玩得非常高兴。

兰兰请了她的朋友Jess一块儿骑在大龙的背上，在蓝天白云间飞翔。

远远地只见一条小龙，飞快地冲向兰兰和Jess，大龙为了不让自己的好朋友受到伤害，张开大嘴，"呼"地一声，向小龙喷出一股熊熊的火焰。

兰兰和大龙回到了院子里。天渐渐地黑了。大龙趴在地上。兰兰骑在龙头上，轻声地给大龙讲着故事。大龙不时把火喷向柴堆，柴堆燃起了红红的火焰。

兰兰讲完故事，从大龙的背上跳了下来。她走到大龙跟前，抚摸着它的脸。 这时，只听"嗖"地一下，天上又掉下了一个蛋，眼明手快的小白狐跃起身子，一口死死地叼住了它。

兰兰的第一匹马

STARLIGHT

兰兰喜欢马，在自己家的后院养了一匹棕色的马，叫Starlight。
这是兰兰养的第一匹马，也是兰兰非常喜欢的一匹马。

兰兰从后院回到厨房，见妈妈已经把遛马要带的东西都放在了桌上：一个苹果，一块三明治，一瓶水，还有马吃的燕麦。"妈，我带Goldie一块儿去遛。"

"小心，别摔着自己，" 妈妈一边刷着碗，一边对兰兰说。

出了院子，Goldie走在前面，兰兰骑着马，跟在后面。趴在窗沿上的那只黑色小猫咪，目不转睛地看着他们慢慢地走远。

院子的树上，鸟妈妈正在给窝里的三只小鸟喂食。

兰兰骑着马，来到了一大片草地上。她从马背上下来，半躺着，喂苹果给马吃。

Goldie走累了，趴在草地上歇着。草地旁边， 一只小老鼠，正在偷吃东西。

不一会儿，Starlight和Goldie都走渴了，它们一起停下来喝水。

兰兰遛完马，牵着Starlight回到了自己家的后院。她要把马送回马棚，让它好好休息。明天Starlight要去参加比赛。

赛马

Starlight's
big show

赛马快开始了。兰兰和小伙伴们在议论着。Goldie和小白狐满怀希望地对Starlight说："今天就看你的了。"

来到表演中心，Goldie非常兴奋，见到障碍物，一使劲跳了过去，Starlight紧随其后，也不费吹灰之力一跃而过。

下场后，Stormy快步跑来，急切地问Starlight："在这么多人面前表演，你心里紧张吗？"

"不紧张。只要稳住劲，把握好节奏，步子不要慌乱就行。"Starlight告诉Stormy。

两位小骑手神气地来到了赛场。 兰兰骑着Starlight，而哥哥Carlos骑的是Stormy。

兄妹俩赛完后，单马决赛开始了。

Starlight把Stormy和一匹无名小马远远地抛在后面。

激烈的比赛终于结束了，带着疲倦，大家各自在场边寻找着嫩草。

夜晚，Starlight和Stormy回到家，尽管累，但是回想起白天比赛的情景，心里还是感到非常的满足。

小马驹从妈妈的脸上可以看到赛马给她带来的快乐。天上的独角马也迫切地希望加入赛马的行列。

小马 Misty

夜深了，兰兰还在马厩里静静地守护在Starlight的身旁，心里焦急地等候着它的临产。几小时后，小马驹终于降生了。兰兰兴奋地给它起了个名字叫Misty。

新的一天来到了， 兰兰牵着Starlight，Misty紧紧地跟在妈妈的身后，大家高高兴兴地来到马厩后院的草地上。 兰兰一边给Misty喂苹果，一边看着它在草地上慢慢地学着奔跑。

几个月过去了，Misty慢慢地长大，它对这个世界充满了好奇。一天，兰兰遛马的时候，Misty竟然撒着欢往附近的树林里飞快地跑去。

兰兰和Goldie追进树林，转了一大圈，最后在海边附近发现了Misty的身影。

几个肥硕的海豹兴奋地朝兰兰他们游了过来。兰兰高兴地跳到
一只海豹的背上，抱住了它。

海豹带着兰兰在海面上自由自在地游来游去。

一条小鲨鱼从兰兰的背后冲了过来，兰兰吓得惊叫起来。

听见兰兰的呼叫，Misty奋不顾身地朝鲨鱼扑了过去。见此情景，Starlight也飞快地跑向海边，把兰兰从水里救了起来。

险情终于过去。兰兰的妈妈、哥哥和小伙伴们也及时地赶到海边。 Carlos帮妹妹把Misty从水里牵上岸后，搭起了帐篷。太阳也快下山了，妈妈让精疲力尽的兰兰躺下休息。

帐篷里，Carlos和朋友们在玩着牌，兰兰、Jess跟Goldie做着游戏。

经过这场风波后，兰兰和Starlight、Misty的感情更深了。

小狗 Scruffy

Scruffy

冬天到了，漫天大雪。 一条迷路的母狗在一棵大树的附近生
下了一窝可爱的狗崽。

几个星期后，一个陌生人从这儿经过，见到这群小狗，慌慌张张地把它们装上雪橇，一溜烟地跑了。匆忙中，Scruffy被甩了下来。它拼命地想追上去，可是雪橇早已不见踪影。

Scruffy在路上闻到了什么，就冲着那股味道跑了过去，只见一条狗在吃食。奇怪，那狗身上散发的气味，怎么跟刚才那个陌生人身上散发的气味一模一样呢。

远处，一个小女孩牵着一条狗慢慢地走着，Scruffy看见她们，就悄悄地跟在后面。

这时，一只鹦鹉飞了过来，Scruffy见到后，一个箭步冲了上去，用牙齿紧紧地咬住鹦鹉的翅膀。已经骑上马背的兰兰眼明手快地拉住手上的缰绳，猛地转身，用力甩出手上的绳套，去救自己的鹦鹉。 兰兰的火龙见此情景，也飞速地从天而降。

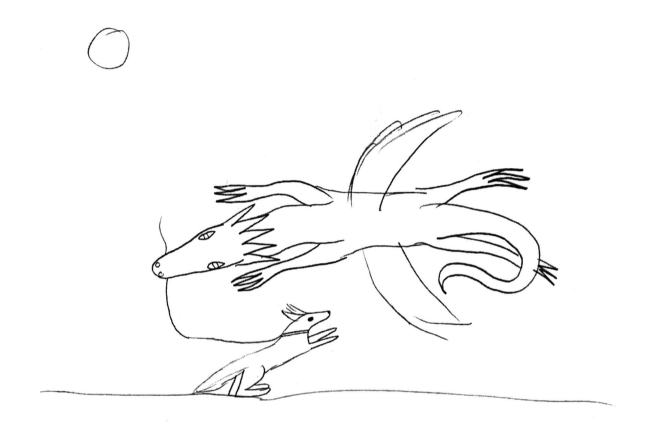

绳套套住了Scruffy的脖子，火龙则死死地咬住绳套的另一头不放。

兰兰把Scruffy带回家，让它跟自己家的宠物一起玩耍。

一个月后，兰兰驯服了Scruffy，第一次带着它去海边散步。海岸边上几只正在玩耍的小海豹让Scruffy欣喜若狂。

忽然，一条鲨鱼从冰洞中钻了出来，朝着一只小企鹅扑了过去，咬走了企鹅的一小块翅膀，Scruffy见此情景，挣脱了兰兰手上的绳套，扑向企鹅，要去救它。

Scruffy对着鲨鱼的背鳍狠狠地咬了一口，精疲力竭的鲨鱼已无力还击。兰兰静静地抱起这只浑身发抖的小企鹅，轻轻地帮它擦着伤口。

小企鹅养好伤后，兰兰带着Scruffy和小企鹅又一次来到海边。

The End

这次，他们要把小企鹅放回到大海，让它回到爸爸妈妈的身边，去幸福自由地生活。

上学

Time to go to school

兰兰兴奋地骑着自己心爱的小马驹上学去，因为今明两天是学校的宠物节。

为了迎接同学们和小伙伴的到来，学校特意在校门口准备了水和干草。 兰兰把小马驹系在拴马桩上。

上课了，同学们和老师讨论着大家感兴趣的话题。

该午餐了。兰兰和Jess一起在餐厅就餐。午餐非常丰富，有鸡蛋、沙拉、意大利面，有甜点、蛋糕、冰激凌，还有各种饮料。兰兰和Jess一边挑选着午餐，一边商量着各自带什么宠物到学校一起过节。

回家后，天都黑了，看着自己心爱的小伙伴，兰兰还在犹豫，
"明天我带你们其中哪一个去学校参加宠物节呢？"

第二天一早，小朋友们带着各自喜欢的小伙伴来到教室。
Jess手里抱着一个金鱼缸， David手里捧着一个萤火虫笼子，
Steve手上拿着装着两只蜗牛的小盒子，唯有兰兰带来了这只
会说话的鹦鹉。

经过大家热烈的评选，Steve的蜗牛评为第三，Jess的金鱼评为第二，而兰兰的鹦鹉被大家一致评为第一。 戴着奖状的鹦鹉神气地站在架子上，展示着它美丽的姿态。

放学后，Jess和Steve拉着兰兰和她的小马驹合影留念。大家盼望着下一次宠物节早日到来。

非洲之旅

ThETRIPtoAFRICA

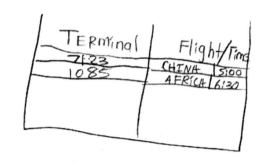

放暑假了，兰兰、哥哥和爸爸妈妈一起到非洲旅行。

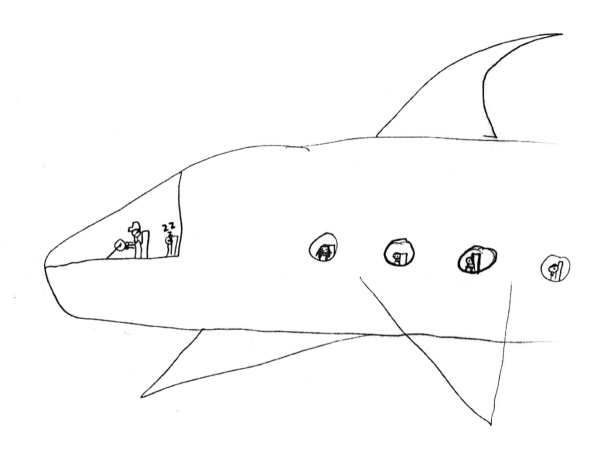

全家上了开往非洲的客机，开始了他们非洲之旅。

一到非洲，兰兰兴奋地骑着小马驹，和小白狐一起，在草原上欢快地奔跑。迎面走来两头巨兽，小白狐抬起头，惊奇地瞅着，它从来没见过脖子这么长的动物。

驼鸟们也聚拢过来，看见兰兰和她哥哥，非常高兴，就主动邀请他们骑在自己身上，和大象进行比赛。

一下午在草原上欢快地奔跑、比赛，回到酒店刚躺下，大家就进入梦乡。兰兰做梦还惦记着自己的小马驹、Goldie和小白狐。

新的一天又开始了，兰兰好奇地看着一个当地的男孩儿拿着棍子赶大象。

在这美丽的大草原上，兰兰结识了这位非洲小伙伴Michael。Michael把自己心爱的小老虎送给兰兰。 兰兰给小老虎起了个好听的名字叫Stripe。Michael又让兰兰骑在大象上，跟着自己到草原深处去玩耍。

两个星期的非洲之旅很快结束了。兰兰回到家里， 又见到了自己的小伙伴们，大家听兰兰讲着那些动听的故事。

詹姆斯小镇的圣诞节

Christmas in Jamestown

下了一夜的大雪，清晨终于停了。兰兰起床后，兴冲冲地跑到门口，好奇地观望着屋外一片银色的世界。 "嘎吱、嘎吱"，爸爸一步一个脚印，踩着厚厚的积雪上班去，Carlos打开后门，到雪地上遛狗去了。

快到中午的时候，兰兰在马厩喂完Starlight，给它配上鞍子。她和Jess约好中午在狐狸草地见面，然后一起去镇上买圣诞礼物。

兰兰骑着马顺道而下，远远地见到Jess也骑着马朝她走来，马的身后还拉着雪橇。

兰兰把Starlight拴在一边，走过去，轻轻地拍了拍Jess的马。

Jess坐上雪橇，赶着马走在前头，兰兰紧随其后。

兰兰从镇上回到家时，天已黑了，嗖嗖的寒风，冷得刺骨。兰兰躺在床上，望着窗外漫天飞舞的雪花，心里暖洋洋的，因为明天就是盼望已久的圣诞节。

清早，灿烂的阳光透过半月形的窗户，洒满了房间。兰兰和她的小伙伴们早早地醒了，因为他们都想下楼亲眼看一看客厅里新的圣诞树。兰兰情不自禁地冲着小伙伴们大声地叫了起来："圣诞快乐！"

兰兰欢快地跑下楼，一眼就看见圣诞树梢上闪闪发光的金星。

不一会，Carlos和Jenny也围在圣诞树旁。兰兰得到的圣诞礼物是两只小狗，哥哥的圣诞礼物则是一个机器人。

兰兰得到妈妈的准许后，就拉起小拖车向Jess的家走去。小拖车上的小黑狗Terrier好奇地瞅着马路两旁一闪一闪的圣诞树。

Jess见到兰兰非常高兴，赶紧把兰兰和Terrier引进屋。

Jess已经给兰兰准备好了热的可可茶。两个好朋友在一起有说不完的话。

随后，她们高高兴兴地跑到屋外，手拉着手，一起跳起来，朝四周大声地喊道："圣诞快乐！"

FUDGE和它的朋友们

圣诞节快到了，妈妈在Pete's Pets宠物店忙碌地为兰兰和哥哥挑选着圣诞礼物。 她给兰兰的哥哥买了一个鱼缸和几条漂亮的金鱼。宠物店老板知道兰兰喜欢小动物，就把一只刚生下一个月的小狗作为圣诞节礼物送给她。

兰兰打开那只写着Fudge的盒子，里面竟然是一只毛茸茸的小狗，她喜出望外地跳了起来，然后轻轻地把Fudge抱在怀里，抚摸着它。圣诞树旁放着一个金鱼缸，鱼缸上写着哥哥Carlos的名字。

圣诞节到了。 兰兰躺在非洲虎身上，周围全是圣诞礼物，有靴子，皮球，小熊，蛇。兰兰和小伙伴们分享着圣诞礼物给大家带来的快乐。在这快乐的气氛中，兰兰慢慢地进入了梦乡。

梦中，兰兰的小伙伴们聚集在院子里。兰兰梦见一只小老鼠钻进了Fudge的小屋子里，翘着可爱的小尾巴，东张西望地在寻找着什么。

梦中，兰兰听到外面隆隆的雷声和哗哗的雨声，闪电中天上飞出了一条火龙。Starlight在树荫下避雨，Fudge也赶紧躲进它的小屋，好奇地瞅着身边的小老鼠。猫咪从笼子里探出小脑袋，看着周围突然发生的一切，也想躲进Fudge的小屋里来。

晚上，雨还在不停地下着。 Fudge和两只小猫咪，一只小豚鼠都躲进了小屋里。

它们一起在屋里尽情地玩起球来。

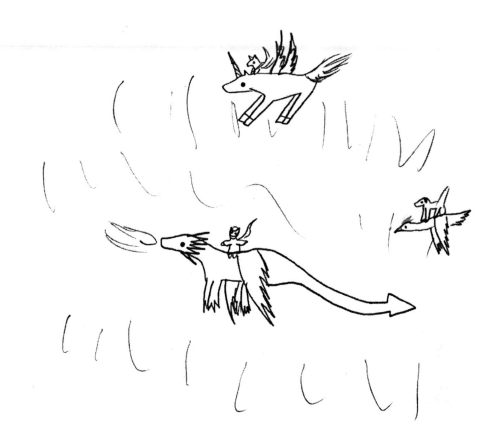

梦中，兰兰看到两只迷路的小猫咪，一只骑在火龙背上，一只骑在独角马背上，在天空飞行，Fudge四脚直立地站在仙鹤的背上，在后面紧紧地追赶它们。

突然，"轰"的一声，从天而降的Starlight四脚前冲，猛地着地，紧急停刹住，惯性把小猫咪抛向前方，还没等落地，就被小白狐用嘴一下叼住，保住了性命。

生日的惊喜

The Birthday Surprise

"Surprise!"

正在沙发上熟睡的兰兰，被一阵惊喜的呼声吵醒了。她从沙发上坐起，只见爸爸、妈妈、哥哥、小白狐、和从非洲带回来的小老虎，都朝着自己微笑。

"喔，原来今天是我的生日！"兰兰这才发现桌上生日蛋糕上
的蜡烛已经点亮，爸爸拿起刀在切蛋糕。妈妈、哥哥和其他小
伙伴在一边默默地给兰兰祝福。

兰兰欣喜地打开大家送给她的生日礼物。贪玩的小白狐抢先打开放在地上的一盒礼物，"砰"的一声，盒子里弹出一个小动物，把大家都吓了一跳。

更大的喜悦在等待着兰兰。哥哥神秘兮兮地悄悄对兰兰说，
"你想不想看一样好东西？" 哥哥拉着兰兰来到院子里，这
时，兰兰才惊喜地发现Goldie刚生下一窝漂亮的小狗崽。
"哇!" 兰兰兴奋地惊叫起来。

在温暖的阳光下，兰兰紧紧地抱着一只小狗，心里在想，长大后它会是什么样呢？

Coming next…

ACORN 与 KATIE

By

Candace Tong-Li

Princess Imprints

P.O. Box 324

Scarsdale, NY 10583

U.S.A.

www.princessimprints.com